遠景

詩集　遠景

目次

Ⅲ

詩集　遠景

I

夏が来る

――三十年前の夏に歌える――

この夏も
私は往ったり来たりするだろう
地下鉄後楽園口から
大曲《おおまがり》の印刷所まで

照り返す車道に添って
去年の日傘をひらくだろう
持ち歩く考えごとを
囲むように

公園沿いのわずかな木陰に

車どもが
入れ替わってはいっときを留《とど》めるだろう
ふっと向きを変え
淵にじっとする魚のように

ハンドルに新聞をひろげて弁当をつかう
窓枠になまじろい蹠《あしうら》をみせて仮眠
雑誌を片手のひとり将棋
虫の音に似たラジオと閉じこもる白髪まじりも

遊園地には
恋人たちを
炎天に吊り上げるだんだらのビーチパラソル
ヨイトマケのように吊り落とす
すばやい影が走るだろう

二人のSさん

椿が咲いていた
おくてのまんさくが咲いていた
桜のあとのしんとなった季節だった

スガワラさん*のお宅にぼくも一度案内してよ
サガさん*にしきりと言われながら
私はためらっていた

約束の朝
お土産をめぐって
くい違った

ご自分はまるで呑まれないサガさんが
なんでもかんでもスガワラさんにはお酒と決めてしまって
「ぼくが持ちますから」と
頑張った
（あの頃はお酒といえば一升瓶だった）

待ち合わせの
深大寺山門まえ
スガワラさん夫妻はベンチの端っこと端っこに
離ればなれに腰掛けていて
いちはやく立ってきたミツ夫人は
「もう――
　頑固なのよ　どうしようもない　喧嘩しちゃったの」と
顔をほてらせて　私に訴える

歩行のままならないスガワラさんに私はつき従い
案内役のミツさんは左右遠近あまさずサガさんに説明なさりながら
二人の足取りははかどって
たちまち遠去かる

峠の蕎麦屋の
竹の床几《しょうぎ》にならんで
二人の老詩人は
転校生同士ででもあるかのように
口数すくなく
山桜の散り残りを見上げていた

ミツさんにうながされるままに
石田波郷の句碑を横から後ろからと各自めぐって眺め
野草園では栞を一シートずつ取ってもらい

それから
ハケ口の
小さな公園に出た

新芽を梳いていた明るい陽の光がやがて翳ると
スガワラさんから薄れ陽のような遠慮がちな声が洩れた
「帰りにちょっと我が家へ……」
「では　お言葉に従いまして……」
サガさんはたちまち招宴に伺候《しこう》する騎士のごとくに畏まった物腰
（スガワラさんのお宅はその頃からもうごみ屋敷？の気配だったのだが）

ベンチごとに腰を下ろしながら
それでも
スガワラさんはあの日
半日歩かれた

「ぼくの〈馬背口の欅〉*」
ねぎらいのように
詩に描かれた一本の大樹を私に教えてくれた　あの日
スガワラさんより十歳年上の老詩人サガさんが
青年のように畏まっていたあの日

わけもなく
ハラハラしっぱなしだった私のあの一日
今では
なにもかも珠玉となって
残った

酒瓶二本入りの紙袋を
持ちかえ
持ちかえ

手に余す私の影さえも

＊スガワラさん……詩人　菅原克己《かつみ》（一九八八年没）
＊サガさん…………詩人　嵯峨信之（一九九七年没）
＊〈馬背口の欅〉……菅原克己詩集『夏の話』中の一篇

詩人の質問

シクラメンの花って
陽をあててやらなくても
いいものかねえ

あんまり立派な鉢すぎて
運び込んでもらったっきり
ぼくには
動かすこともどうすることも出来ないんだァ

美しい到来品とはいいえ
それは

たしかに
一大事！
と電話の受け手は思う

独りぐらしの詩人の住まいは
机の上、下は言うもおろか
玄関のドアから部屋の反対の窓ぎわに至るまで
寄贈詩集の山また山だ
カーテンに辿りつく足場もあらばこそだ

詩集の山脈上に
あわや傾く
シクラメンの大鉢？

…………　！

でもぼくは
水だけはたっぷりやっているんだ

こんどこそ
はッ
とばかりに
耳おどろかす聞き手
詩集の山上にたっぷり降りそそぐ水！
如露の驟雨？

如露なんかぼくのところにありゃあしませんよ
モンブランにインクをいれる
スポイトで
やるんです

帽子

スクランブル交差点
縦に斜めに大幅に流れだす
青信号の人の群れ
そのなかにまじるひとつのお帽子
待ち人の
こちらの目の中に
ゆらゆらと秋の陽をゆらす古いお帽子
中原中也十九歳の写真から取り出してきたみたいなお帽子だが
老詩人にも
スクランブルの人波にも
ぴったりの似合いよう

「無事退院しました」
とりあえず
生還の報告までにと入れた電話だったが
「お祝いしよう！
　ご馳走する！
　出ていらっしゃい！」
右から左
予後も養生もあらばこそのお誘い

こんな際
ご都合知らずはむしろたのしい
ただ
手術で丸坊主にされていて
おまけに頭の鉢の縫合《ほうごう》の糸目までまる見えなのが

デートにはいささか不向き
でも
これこそ生還のしるし　か
「帽子でごまかしましょう」とお返事をした

電話のむこうに
「帽子?」
というあたらしい空気の動き
そういえば
トレードマークでいらしった
クラシック帽子を
ひさしくお見かけしていない
「退院」や「生還」なんかじゃなく
ひょいと

「帽子」にテーマ変えされたらしい
お祝い

銀座四丁目
ライオン前
スクランブル交差点

タイヘン

「キミねえ、それってタイヘンだよ」

嵯峨さんは
ことを頭のなかに走り回らせるふうに目をつむり
それっきり
言葉を捜しあぐねていらしった
「イチローが好き」
とわたしが宣言したときのこと
そのとき
イチローは二十歳
ほっそりと青いサヨリ

サヨリの背の水襞
けれど年間二百本安打達成、最優秀打者、来期年俸〇〇〇〇

大リーグへの挑戦を発表するイチローは
ひげをつけた
おくさんだっている
けれど
わたしは心配でならない
アンコウの群れに放されるサヨリを見るようで

「キミねえ、それってタイヘンだよ」

嵯峨さんが
存命でいらしってくれたなら
そう言って

加勢してくれたに違いない

大リーグという大海のことか
スターの星まわりについてか
不相応なアイへのあわれみか
さっぱり
わからない
調子ながらに

ニューヨークからの電話

はじめて
菅原先生の家を訪ねたとき
なぜか
帰りの道を駅まで
泣き泣き歩いたのよね

ニューヨークからの電話で
娘が言っている
知らない人を訪ねたのは生まれて初めてだったし
その人がやさしい人で………
二十年前を言いかけて

まだ口ごもっている
親元を離れて
羽を伸ばすのに夢中らしかった十九歳
その十九歳が
或る日
とつぜん
詩人の家を訪ねてゆく
――わけはやはりあったのだろう

いたずらっぽくて
面白い子だね
ぼくの〈トモ〉の詩*を褒めてくれたよ
生前の菅原さんからは
そう聞かされていたのだったが

いつもは
早口に交わす
国際電話で
菅原さんの思い出を確かめあっている
口にはしないが
互いに
重たいものを
今日はかかえているのだ

＊ぼくの〈トモ〉の詩……菅原克己詩集『夏の話』中の一篇

もうすこしいいことを

ぼくはいやなことを
一つ一つかぞえ、
その上でいいことを
一つ一つかぞえる。
その上で
もうすこしいいことを
だれにも知られず
自分のなかにかくす。

（「小さい愛の話」部分）

菅原克己さんのこの詩句を就眠のそばに置いている。思い出すという手続きは不要で、お守り、あるいは小さな旗のように。

私にも、そのときどきの夜に数えるいいことがある。長いこと億劫がっていた天袋の整理を、やっと思い立って済ませたとか、飼い猫の手のひらの怪我が、めっきりよくなったとか、観たかった映画のビデオを、近くのビデオ屋で見つけたとか……。そして、その上で〈だれにも知られず／自分のなかにかくす〉手持ちも、またあるのだった。

例えば、敗戦の年の秋の終わりの記憶だ。山の畑の一隅にさつま芋の貯蔵用の室《むろ》（畳半分ほどの大きな穴）が掘られていて、母が昔のフランス人形のような手製の布の帽子をかむった頭を、穴から出したり引っ込めたりしている。姉と下校後の私が、芋の束を両手に吊るして、室の口へ運んでいる。母は室の中に籾殻を敷き詰めては芋を埋めてゆく。痩せた山畑ながらになるべく太った芋が貯蔵用に選ばれ、かじかんで傷んだ手で芋の土が拭われる。日が傾いて、三つの影の動きは冬の蓄えに追われる小動物のそれだ。とかく睡眠薬にも見放されがちな私を、こんな情景が眠りにみちびく。丘陵状の畑に、日の沈んだ外秩父の山塊が色濃く浮き上がって、夕茜のなかに烏の群れが消える。こうした天地の空気も、どうということのないこの記憶に効能を与えるらしい。半年後に母が死ぬ。戦争の終わったあとの束の間の家族三人の聖なる時間にそこがなっているのだろう。

引用した詩は、別に眠りの前の詩というわけではない。詩人の仕事先までやって来て、辛い打ち明け話を聞かせる女の子を前にして、

ぼくはぼくのことを
重たい汽車にのるようにして
いったい今日は
どこに言いつけに行ったらいい。

（「重たい汽車」部分）

そう歌ったあとの「もうすこしいいことを」なのだった。私は思ってみる。菅原さんが最後に自分のなかにかくしたもの。それは、やはり若い日の記憶だったのではないか。治安維持法の要監視人だった若い日の、絶唱とよんでいい愛の作品を思いうかべつつそう思う。思い出、記憶というものは、決してひ弱なもの、無力なものではないのだ。

あなたは記憶という
黒い光にすがって
明るいところへ出て来た

パウル・ツェランは、強制収容所ゆき列車を思わせる「蛇どもの列車にのせられて」の最後をこう結んでいる。

（ツェランの詩句は飯吉光夫訳『息のめぐらし』から）

Ⅱ

算式

ボーナスを
十七万円もらったわ
と　彼女がいう

株価最優先内閣
いの一番に締め付けを喰らいそうな
無認可共同保育所
〈こぶたの家〉で　だ

よくも財源が
と　驚くと

亭主が十五万円カンパした
と　いう
自分の子供二人分の保育料を払い
それから
〈こぶたの家〉を守るための基金も醸出《きょしゅつ》する
ややこしいような
素朴な
算式

とにかく
十七万円は
レッキとした彼女のボーナスだ

夫と子供に

プレゼント　の
余裕を見せている

土曜の午後四時

母親から横取りした
コーヒーゼリーを
口に押し込もうとやっきになっている
うまくスプーンが操《あやつ》れないのに
腹を立て
足をばたつかせている
サクランボの乗っかった自分のカップは
そっちのけにして

騒ぎの傍らで
細められている皺の中の目

靴を脱いで
椅子に坐り込んでいる
ボストンバッグを
肘かけにして

袋が落ちる
テーブルのはしから
チビさんの服と共布の
ピンクの袋から床に缶々が転げ出る

入って来た
若いカップルは
横になって通ってゆく

土曜の午後四時

ターミナル駅前の
ガラス張りの店は
半袖になった
若者達でいっぱい

陽に灼けたおじいさんと
（ボストンバッグを持って出て来たのだ）
奮戦のチビさんと
困りながらサクランボパフェを舐める母親と
昼食をとりそこなって
ボランティア帰りをたまたま立ち寄った
場ちがいなおばあさん　わたし
の　他は

伝票の束の下に

レジの前には
六、七人の列があった

紙袋五つに分けた
二百通ほどのメール便冊子を　わたしは
カウンターのいちばん奥まで持ち込んで積み上げた
昼どきにかかってしまって
コンビニの自動扉は絶え間なくはためき
レジ前に客の列は更に伸びようとする

夕食のあと

この日三度目のカウンターを訪ね
わたしはようやく
処理されたメール便の　伝票の束を受け取った
最初三時までに済ますといわれて
三時にも立ち寄っていたのだったが――

ゴム輪止めされた分厚い伝票の束の下に
小さく折りたたまれた罫紙が一枚
思いもよらぬ
昼間のレジ係りからの手紙だった

伝票の処理が遅れ
何度も足を運ばせてしまって申し訳ないことをしました。
ぼくは今日でこの店を去るので、今日こそは、
失敗なく働きたいと願っていたのですが……

「箸はお入れしますか？」
「串焼きは温めますか？」
くり返されるマニュアルの応答と
無駄の許されないレジ係りのやすみないない身振りが
夜の部屋の
わたしによみがえる

月末でもないのに
あの若者は
明日から何処にゆくのか
縁もゆかりもないわたしに
掠れのまじるボールペンの筆圧を残して

歩行

図書館の
書架の上段にみつけた
目当ての本を
抜き出そうと伸ばした私の肩に
はらりと落ちてきた
一枚のメモ
誰の　何時からの　残しものなのか
ネブカドネザル　と
七文字だけ

エルサレムを潰滅させ

その市民を
バビロンに幽閉した
オリエントの王？

夕日色の城門の写真を
何かで見たような気もする
吊り庭（空中庭園）というもののあった
紀元前の発掘の跡だったか

灼きつく路上に
転がっているパレスチナの子供たちの手肢を
新聞に見た
それは昨日
それから私は
虫籠のような庭に出て

草取りに没頭したのだったが
私の庭を弔る
昨日今日といえば
何だろう

ほどけない
固い身を
誰かの意識のうちに曳いて入り
なおも
私の上に立ち寄って来た
七文字

むかしの話

「歯を入れてあげましょうか」
私は
言ってみた
もし臨終が近いのならば
叔父にとって
この相貌は寂しかろう

おばは
かすかに表情を変えた

私のショックは

叔父の上に
まざまざと死の刻印を見たからだったけれど
入れ歯をはずした貌《かお》にあうのも
初めてだったのだ

おばは
短く
何か言った
いつも通り表情はさめて

私の幼いころ
叔父は酔うと
おばを指して「キヨコ未亡人」と呼んでいた
別に女の人を持ち
人前で自分の妻を

夫を失くした者と呼んで憚《はばか》らなかった叔父
中風でながく臥《ね》ていて
そんな話も遠くなっていた

最期を
なかなかの風貌に
旅立っていった叔父
歯は
誰からもらっていったのだろう

元県知事やら
元町長やらの
涙ながらの
弔辞のまえに

アーケード

うしろで
少女の声がはずんだ
「ああ！いいなあ」

すると
わたしの前を
父親の肩に乗ってゆく
小さな女の子が
真似をした
「アア！イイナア」

「聞かれちゃった」
うしろで笑いあっている

わたしは振りかえってみた
季節にさきがけ
はやくも
短パンから
白い膝頭をそろえた
二人組

肩車の子は
声の輪ッカなどさっさと抜けて
日曜の午後の
雑踏に

消えた
百年
人波のなかに
ふいと

居間

杉浦さんのチャイムの鳴らし方は
それとすぐ分かる
まるで半鐘でも打つような待ったなしの連打式
九時半　日曜のマレの朝風呂の最中に
このチャイム

昨夜めずらしくよく眠ったゆとりで
半鐘連打も半ばたのしく
私は湯気の中
居間では
炬燵《こたつ》の上に茶托《ちゃたく》も何もなしの茶碗ふたつ

蜜柑を五、六個ころがして
夫がお相手を迎えていることだろう

話は
また満州になっていた
杉浦さんは敗戦を
満鉄学校四年生としてかの地で迎えた
夏休みを利用して
友達とソ満国境にちかく探検旅行をくわだてていて
最悪のコースを逃げ帰ってきたのだ
私は読んだばかりの回想記に知った
佳木斯《チャムス》とか依蘭《イラン》とかの地名を持ち出して
話の仲間入りをする

静かな

初冬の居間だが
話はけっきょく
日本帝国主義支配下の暴虐にゆかないわけがない
杉浦さんはあるところで
ふっと
言葉をのむ

白木蓮

人声がしたようで
カーテン越しに覗くと
姉が義兄と
庭先の白木蓮の花を見上げていた

姉は
入院中より
ちょっと老けて見えた

義兄の話では
もう

茄子苗を移植するの里芋の子を植え付けるのと
日がな一日
畑なのだという

その話をきっかけに
私と義兄は
まるで
犯罪歴かなにかのように
抜き難い
姉の働き癖について本人をまえに溜息しあった

だいいち
七十《しちじゅう》歳近くまで
こんなして
妹に野菜を届け続けるなんて

やりすぎよ
いい加減自分を大事にしなくちゃあ

黙って
笑ってばかりいた姉は
帰りにも
白木蓮の
花の下には
声を
惜しまず残していった

春の遠景

せめて
膝での切断を
という周囲の願いはかなわず
姉の右脚は
股の付け根ちかくで断たれた
それればかりか
残された脚の壊死《えし》も
確実に進んでいるという
物言わぬ人になった姉をよいことに
見舞いの私は
知らぬ振りに

笑いかけている

＊

セーラー服の姉が
自転車を漕いでゆく　その
スカートの下の白い素脚
自転車の荷台には私が乗せられている
荷台の両側に垂らされた足は
片方しか靴を穿いていない
片方は包帯でぐるぐる巻きされて
おおきなボール玉みたいになっているから

隣り村の岩田医院まで
姉に連れられてガーゼ交換にゆく

あれは
小学四年を前にした春休みのことだった

その名も
長坂と呼ばれていた
村境の長い長い登り坂なかば
喘いで蛇行する
セーラー服の姉の背中に
私は必死で呼び掛けている
「降ろして！　大丈夫歩けるから！　降ろして！」
妹の包帯玉を守るべく
姉はコメツキバッタさながらにペダルを踏み続ける
妹はたまらず
荷台から跳び降りを敢行して
自転車もろとも

姉も　痛い包帯玉も砂利道に叩きつけた

＊

姉の
息子のお嫁さんが
片脚だけの
火葬の話をしてくれた
やがての日まで
「これはお預かりしておきます」という

よくできた
姉の
お嫁さん

春の遠景をゆく
長坂の
スカートの下の
細い素脚のことなど
知る由もない
お嫁さんだ

主旨

ひろげた新聞のコラムに
思いがけずイチモンジセセリの文字を見かけた
庭先のアメリカ菊から
群れの最後の一匹が姿を消した今朝

セセリはつつきちらすなどの意味をもつ「せせる」に由来すると
か。あっちの葉に止まったかと思うと、こっちの花に止まって蜜
を吸っています。黒っぽいせいか目立ちませんが数が多い。　と。

幼虫が稲の葉を食べて育つので
研究のすすんだ蝶だとも

日本がイチモンジセセリの分布北限なのは
稲作の北進とどうやら関係しているらしいとも

コラムは
その主旨とみえる今年の低米価と農家の苦労を言うまえに
文字数の大半を
セセリに喰われてしまった
それというのも
この蝶のせわしないいとなみを
「せせる」と見立てた　先人の目の素晴らしさからか

アメリカ菊から
日に日にセセリの減るのを追いながら
わたしをつつきちらしていたわたしの目つきに
ふっと気がつく

消えることにうわまわる主旨を
そこにのっけたがって

彼岸の入りに

そっちへ行ったら
家に戻っちゃうと言ってるのに
お散歩できないと言ってるのに
わからないの

小さな三叉路で
首の綱を思いきり引っ張ったまま
小言を喰らっているのは
ずんぐりむっくりのブチの雑種犬

いいお天気だから

今日は
たっぷりお歩きなさいって言ってるのに

この小母さん
三、四日まえは
戻り寒波の冷たい雨の道傍《ばた》で
やっぱり
しきりとこのブチに
何か言って聞かせていた

洗い晒した
紅い運動靴を履いた（孫のおゆずり？）小母さん
ずんぐりむっくりの背格好は
多分わたしとおんなじ年頃
おんなじ仲間

手間ひまかかる者
聞きわけのない者に
さんざん身を傾けて
背中を曲げて
まだ
傾け足らぬげに
身を入れて

Ⅲ

通夜の話題

あちらの席から
小柄なおじいさんが
ビール瓶を片手に挨拶に回ってきた

夫の妹の
通夜のこの席に
私の見知る縁者の顔はもう少ない
（夫も他の兄妹たちもとうに亡き人の数だ）
まして妹の旦那筋のあちらの席は　私には見知らぬ顔ばかり

おじいさんは

どこそこ村の誰と
旧い地名と家名を
仁義っぽく名乗ったけれど
それも　こちらの席のどの顔にも馴染みが薄かったことからだろう

すると
思いがけない応答者が
私の近くに潜んでいた
おじいさんの生地に何か縁を持っていたらしいTさん
やがて　二人の
よろこばしげな　はんぷくの
身元交歓　グラス交歓
夫の生家の分家すじのTさんは　もともと養子育ちで
私の知る親族の中を　ながねん無口に徹して通してきた
けれど

時代としがらみを生き抜いて
生き残って
意気あがる今宵のTさん

何といったってニッポンテイコクよ
ヤマトダマシイよ
チョーセンなんかにバカにされてたまるかってんだ

すると　何かに
座が躓きでもしたかのような
思いがけない
しばしの沈黙

だけんど
日本人もひどいことをしたからなあ

あんときだって怖ろしいことをしたんだなあ

おじいさんの
低い声
私は驚きとともに
酔いに染められたおじいさんの　しぼんだ横顔を見つめる
さっき
名乗られていたおじいさんの
村の名を呼び起こす

関東大震災の三日後
その村では
女こどもをふくむ朝鮮人四十二人が惨殺されているのだ*
記録の伝えるその酷さは言いようもない
しかし

私の通夜のこころは
この驚きによって　ようやくやさしむ
このおじいさんの低い呟きによって

見知らぬあちら
若いこちら
疎遠なままにとおしておわった
この通夜の
故人の生涯にむかっても

＊『隠されていた歴史——関東大震災と埼玉の朝鮮人虐殺事件』による

万世一系

ストーブの前で
わたしの椅子を占拠して
いいようにポーズを決めて眠る猫の背を
いたずら半分
逆撫でに掻いてみたら
草の実が
二ミリほどの草の実が
毛の奥に幾つと知れず隠れていた

「用無し奴《め》」
夫からは

いつもそんな呼ばれかたをしていたけれど
お前もこうして
ちゃんと天下の用を担っているんじゃないの
お前の大好きな
草っぱらに
代々の血を見込まれて

眠り上手な血も
何百万年か何千万年か受け継がれ
まるまったりほどけたり
夢の中でも
草の根元を
音も無くすり抜けて
しなやかな万世一系
草の夢もろともの

前の前の席の

さっきから
のけぞって長い髪を背中で揺すったり
席を離れて
どこかへちょっと行って来たりしている

ダボダボした長いスカートの上に
薄編みの白い
衿の大きく刳《く》られたオーバーブラウスを垂らしている
前の前の席の
むこう向きの娘さん

刳られた衿から
遠慮なくはみ出ている
頸のつけね
西洋梨の下半身のようなふくらみ
ズルッとはちきれた肌の色
おまけにピンクのほくろまでつけている

プログラムを繰って
行儀よい
まわりの男たち

さっきから
プログラムもそっちのけにあなたを見てる
後の後の席のわたし

あなたみたいな
はちきれて持て余してる娘（下婢だったか）
の出てくる
十九世紀の小説

読んだような
読まなかったような

ザ　デイ　アフター

夏休みが終って
運動会の練習らしい
笛の音が
風に乗って聞こえてくる

考えてみれば
戦争っ子の私にも
運動会は
一度も途切れずに巡っていたな
軍需工場に動員されたのは
女学校一年生の暮れだが

その一月《ひとつき》前には
「荒城の月」を踊る上級生のなかの美しい人を
こっそり見つめたりしていた

翌年は
はやくも
アメリカナイズされたプログラム「マスゲーム」に
生き残った脛《すね》を
光らせあって――

校舎裏の
フジヤマ山頂の敵機監視塔の残骸が
迷彩の塗料もそのまま
青い空を刳り抜いていた

レイテも沖縄もヒロシマも
動員工場へのＢ２９の空爆もＰ５１の機銃掃射も
その間に招来され　刻印されつくしたのだ
「荒城の月」と「マスゲーム」の間
ホイッスルとホイッスルの間に

地獄の招来に時間は要らず
特別の土地も要らない

ザ　デイ　アフターのことは
誰もわからないのだと言う
けれど
その前日には
どこかで
運動会の笛の音が

十月

杉浦さんが「赤旗」の集金にきた
杉浦さんだなとすぐに分かる三連続式でチャイムを鳴らすと
心得たもので
敷き石を伝わって濡れ縁にまわってくる

皮膚癌で脚の付け根を手術したとのこと
そういえば
夏のうち
いつもなら出会うはずの催しで杉浦さんを見かけなかった
「猛暑にたたられたかしら　杉浦さんだって年だし」と思っていた
「内臓でないから簡単だった」とは言うのだが

だいぶ放ってあったものらしい

知り合ったころ
杉浦さんは納豆売りをしていた
レッドパージで職につけず納豆を手作りして売り歩いていた
こちらは保育園を手作りしていたが
よちよち歩きの父母会の会長を引き受けてくれた
それから
保育園の園長を引き受けてくれた
やがて夫とも親しくなり
週に一度はわが家の居間に坐り込んでいた

実直　骨惜しみ知らず
いざというときの度胸と男気の杉浦さん
私の知る唯一の欠点は

ナガッチリ
夫亡きあと杉浦さんとのおしゃべりは縁側になった

敷き石を伝わって
門口まで送ってゆく
お茶も入れないまま
六十年来の
めっきり小さくなった背中を送ってゆく

容積

約束の
喫茶店に出かけるために
幾つもの
不安をかくまった

待ち合わせの
約束はいつのまにかなくなって
ひとり出かける
すると
手なずけた不安が
とまどい顔で

こっそり従《つ》いてくる

話すことも笑うこともかくまうことも不要
ゆっくりと
充分きっちりの
容積

外に出ると
雨が上がっている
容積分の
笑顔

ティーフロア

キッチンの隅に置いていていた
西洋骨董の木椅子を
思いついてテラスに持ち出した
コーヒーカップ片手に
脚を組む

午前十時の秋のひかり
ニシキギが紅紫に耀き映えている
ドウダン　カエデはいまだ緑
刈り込まれた垣根のカナメが
先っぽの新芽だけ陽を透き通らせてルビー色

そのルビーの向こうを
よぎる自転車の影
裏のタニさんの
夜勤あけの帰宅だ
自転車におどろいた野良猫ブウが
カナメの根本に突っ込んできて
こっちの顔を見る

テラスに
一本立ち上げてある
蛇口の石柱が
コーヒーカップの受け台としてぴったりなのを
私は発見する
高さ60センチ×7センチ×7センチ
このティーフロアの澄明さ

もっと早く椅子を持ち出せばよかった

西洋骨董と言いはしても
一脚だけのはぐれ椅子
テラスには土台の錆びたスチールの物置が置いてあり
古自転車が二台
頭の上には洗濯竿二本、洗濯つるし二《ふた》吊り
野良猫用のダンボールの寝室が三個あって
ティーフロアのスペースは
この椅子一脚で
ぎりぎり満室なのだけれど

劇薬

病院からもらってきた
キズ薬
エナメルのちいさなチューブを
目にした途端
胸に激痛が走った

半年前に死なせた
チョッちゃん（猫）の常用薬
エルタシン軟膏ではないか
いや
サイズといい白と臙脂《えんじ》の配色といい瓜ふたつながら

表示はゲンタマイシンとなっている

使いかけのまま残された
チョッちゃん用の　軟膏
消毒薬　ガーゼ　ピンセット　包帯　コルセット
遺品は
きれいな包装紙に隠して
小箱に収めて
天袋の奥間ふかくに潜《ひそ》めた
傷の色　膿の色　膝の上に軽くなりまさっていった重み
運命への従容《しょうよう》も

さっき
若い女医さんは
「痛いですよ」

私をやさしく脅してから
メスの先で耳の後ろを小さく突つき
見えにくい所にあるぶん不安だった腫れ物は
脅しもろとも
一挙に解消したのだけれど

処方された
この
劇薬　を
どうしよう

ごみ屋敷

ときどき
お茶の間のテレビを
賑わわせるごみ屋敷
おおかたは　はた迷惑な不始末として

その度に　私に甦る
なつかしの
ごみ屋敷（？）
四軒
その　物に埋まった　可憐な立方体

ナンバー1は

亡き菅原先生のお宅
あれは
先生没後六年目の秋のことだった
夢人館での「菅原克己詩画展」が本決まりになって
急遽作品を揃える必要に迫られた
先生の奥さんミツさんは
思案のあげく
私を家に呼んだのだろう

探検　発掘という言葉は知っていたけれど
エジプトの砂ならず
天井に手の届く高さまで堆《つ》み重ねられ埋められた歳月の層を
一日、一日。　一冊、一束、一袋、一箱、一苞み、一抱え。
（本　雑誌　そうめんの桐箱　洋菓子缶　下着包み　夜具　陶器）

庭の樫の木の根元に移しかえ　堆みかえ
掘り進み　掘り進みして三日
部屋のまんなかに
こげ茶色の木目《もくめ》が姿を現わした
かつて
先生とミツさんと
無名詩人私らの膝に囲まれていた一つの机の
木目の上の
湯飲みも　灰皿も　鉛筆立ても　原稿用紙さえそのままに

ぼくはさっきまで書きものをし
かみさんは台所で
静かな水音をたてる
そして貧乏ぐらしは特権のように
一つの机の上で

そのまま堂々と
明日に移ってゆく
亡くなった先輩詩人たちにとっては
こんなことはごくふつうのことなのだ、
といえば、
かみさんは食器をならべながら
笑って何も答えない。
机のすみに裏で摘んできた
野バラの花がチラチラ咲いている。
詩「一つの机」(菅原克己詩集)より

ナンバー2は　嵯峨先生のお宅
本の斜塔に遮られて窓まで辿りつけず　窓は開かない家だった
浴槽の中も階段も寄贈詩集でギッチギチだった
不思議な香りがしていたのは

本の中腹で割れた蜂蜜の瓶から流れた蜂蜜に本が漬けられていたため
まわりの埃も石鹸のように固まっていた
それらの上にビニールのゴミ袋は端然と坐り

アネモネの花の小鉢を部屋に入れる
窓から
雨のあがっている街道が見える

まだ少し時間があるから
新書の頁を切っておこう

詩「待つ」（嵯峨信之詩集）より

ナンバー3はわが娘夫妻のマンション
そのフロアーは　ふたり以外は立ち入り禁止
足のふみどもあらばこそ　だから

けれどふたりの旅行中　留守番の猫ラー子の世話役として
私は呼ばれた
預かった鍵の束を
買い物に出て帰った私は
資料の山脈上のどこかにちょこっと置いたのだ
谷間に隠れたラー子を捜すうちに
鍵の束が姿を消してしまった
無数の紙の目のどこのクレーターとも　底知れずに

夏の終りのわが家の
サンルームの鉢植え総入れ替えの結果
直径八センチほどの素焼きの小鉢が
空き家となった。

だがある日、雨蛙の手みたいに

か細い芽を出したばかりのクローバーを
妻が道端かどこかで見つけて
周りの土ごと、小鉢に植えた
小石もあしらって、台所の窓の下枠に。

詩「向き」（アーサー・ビナード詩集）より

ナンバー4　他ならないわが家
夫存命中のわが家の半領域は
ほとんど無法地帯だった
ガラクタ　いや夫の宝だが
万年床の布団の上に
染みだらけの古文書も　錆びた矢立も　ふるびた壺も　木片も　持ち込んで
埃や汚れを　夜具になすりつけていた

長女が家を出て子供部屋が空くや

夫は早速　自分のガラクタを長女の部屋に運びはじめた
娘の巣立ち症候群で
うちのめされていた私は　そのゴキゲンの鼻唄に
「こんなごみは燃やしてしまう」　と
宣告したのを覚えている

高台にあるやしろの四月八日は
谷底の霧も晴れて鶯は鳴き
さくらはまっ盛り
むら人たちは社務所にあつまって
こんにゃく芋や赤飯を喰らい神と酒をくみかわし
もう全くいい気分
くりから谷に討ってでた
義仲軍のように白旗を林立させ
旗竿のてっぺんには野の花を挿して

神送りの行列は谷を降り坂をのぼって菜の花のなか
詩「大野の送神祭」(栗原克丸詩集)より

夫亡きあと
わが家は
だいぶ片付いている
遊びにくる友達は
「いつもきれいねえ」と褒めてくれる

見まわして
省みて
私は思うのだ
この家に
詩は
もう　住み付いていないらしい　と

中屋さん

「センセイ」
「センセイ」
ひかえ目な　かすれ気味の声が近くに聞こえる
月に一度訪れている　樺沢医院の混んだ待合室の椅子のうえ
もう一時間半も　自分の名の呼びだしだけを気にかけながら
遠のいていいた私の耳

「クリハラセンセイ」
遠のいた耳は
不意をつかれたごとく我にかえる
六十歳くらいと見える落ち着いた女性が
後ろの列から微笑みかけていた

センセイと呼ばれなくなってからもう半世紀あまり
いま笑みかけている声の主も私にはまるで見当がつかない
すると女性は　うながすような視線を隣りのお年寄りのうえに送った
つるりとした小柄な頭　老いながらつやつやのピンクの両頬
中屋さん？
するとこの女性はハツミちゃん

あれは　忘れようもない　晴れわたった五月の朝
私の保育園開園の朝
といっても園児はまだ一人もいない保育園の——
パタパタと
一台のミゼットが門口にやってきて
小さな女の子がこぼれ出たと思うと、鉄砲玉のような勢いで砂場に走り込んできた
ごく若いカップルが町はずれに持った小さな店
中屋酒店　その

酒　醤油　配達のミゼットから

保育園といってもそこは古い農家の空き家だった
保母は二十七歳のスッカンピンの女
この開園に断固反対の夫と、自分の幼い子供ふたりだけは両手にもっていたのだけれど
お金なく、免許なく、前後の見境なく、宣伝も看板もクス球飾りひとつない
そんな門口に
パタパタと留められた
ミゼット
あの一台のミゼットこそ
この町に（周辺地区をふくめて）保育園を成立させた　ほんとうの意味の先駆者だった

若い中屋さんは
忙しく走り廻りながら
スッカンピンホイクエンをしっかり贔屓《ひいき》してくれた

この町初《はつ》の保育園卒園児ハツミたち入学の春には
十八本の桜苗を自分のスコップで園庭のぐるりに植えてくれた
第一回卒園児は十八人だったから

保育園は年ごとに（日に日をついで）大きくなった
中屋酒店も日に日をついで立派になった
ミゼットはホンダの軽トラにトヨタのボックスカーに

結婚してどこに暮らしているのか
ハツミの姿はここ何十年も見ないで来ていた
今日は里帰りして　父親の受診に付き添っているのかもしれない
落ちついた微笑の中に
鉄砲玉のようだった女の子の影はとても見つけにくいのだけれど
傍らの中屋さんなら
半世紀の懸命ぶりを見て来たと思う

しかし
もう数年前から店にはシャッターが下りたまま――

私がセンセイからずっこけたわけといえば
もともとの見境なさ　保育園の急成長そのものにあったとも言えるけれど
中屋酒店のシャッターの上には
どんなわけを考えたらいい

中屋さんは
つやつやの頬のまま
ぼんやりと
耳の中の
遠い遠い
クリハラセンセイを
眺めている

花殻《はながら》

電話をとった娘は
受話器とともに
すぐにティッシュのそばに移動したらしい
ひどい声をしている
花粉症だという

あなたはむかし杉の花殻の上にはらばって遊んでいたのにね　と
わたしは笑ってみる
娘には何のことか分からないらしい
杉の花殻？　聞いたこともない　と
言われてみれば

あれは　はたして杉の花の殻《から》だったろうか
干した布団の上いちめんに降り散っていた
きつね色の　小さな小さな松毬《まつかさ》ようのものは

そのころ
わたしたち一家は保育園に住み込んでいた
空家になった農家を借り受けて
一階を保育室に
二階を家族部屋に
がむしゃらな日々を送っていた
もともとあった台所は給食室にあてたので
家族用のキッチンを青いトタン板で裏手に張り出してつけ足した
するとこの急場の張り出し屋根が　おもわぬ露台役を担ってくれたのだ

たまの休日

（日曜といえども休日はごくまれだったが）
わたしは張り出し屋根のトタンの上に茣蓙をひろげて家族の布団をならべる
昔ながらの屋敷林をうしろに
わたしの露台にはしずかな陽ざしが落ちていた
きつね色の杉の花殻
ときには白い竹の枯葉
ある日には山桜の花びらが
陽を吸った布団の上にこれもしずかに散っていた
よい場所はすぐに嗅ぎつける猫のように
小学生になったばかりの娘が
布団の上に友達を連れて来てはらばっていた

ティッシュの鼻声をさせながら
電話の娘は知らないと言う

この道を行きつつわれの泣きしことわが忘れなば誰か知るらむ*

「泣きしこと」
の甘やかさには遠いけれど
わたしの「この道」も「わが忘れなば」も　昨日のことのよう
がむしゃらな夢にも
落ちる休日
そこに降り散っていた
きつね色の杉の花殻

*短歌……田中克己作

ショック

テレビの健康番組では
繰り返し指摘されている
浴室にひそむ温度差の　心臓や血圧への負担と危険性が
ことに私のような年寄りには

ところで私の浴室にひそんでいるのは
どうやら番組にはなりそうもない
特例のショック
特例の厄病神
バカバカしいとしながらもやっつけられず　長年つきあっている

裸になる
浴室の冷たいタイルに爪先をのせる
それが引き鉄《がね》
この裸　ヒヤヒヤの生身は　これから拷問を受ける
この裸は　禁教時代のキリシタンであったり
治安維持持法下の政治犯であったり
いまいまのシリアの空の下であったり
行き倒れの　死体検案台の上であったり………
小説　映像　歴史書
妄想（ショック）のタネは尽きることがない

あれは　どれっくらい昔のことになるだろう
旅先の夫から手紙をもらったことがあった
なかの一節
「革命家にも詩人にもなれずボクはキミを失望させているだろうが」に

女は舌打ちした
何という能天気なことを　男は言ってるのか
女が望むのは
せめて半分なりと　ちゃんと月給をまわしてくれること
常識じゃない

暖かい浴室は
いまどき　世の常識にちがいない
ヒヤヒヤがなければ能天気な妄想も消えるのか
だいいち
老いた女に
いまいちばんの問題は
月々の
ガス代の心配だろうのに

シュッコロ

「トイレにシュッコロお願いね！」
出勤ぎわ　わたしは
よく一声かけたもの
まだ寝ている娘の部屋にせわしなく顔だけ差し込んで
むかしむかし

早朝から
トイレの窓に
ハエは賑やかにしていた

大学生の娘が

家を出る前にシュッコロを忘れないでくれれば
夕陽のさし込むトイレの床《ゆか》に
一匹残らず
転がってしんとなっているハエを
掃く

肢をジカジカにひきつけたこの黒い群れの
しんとなるまでの狂い
床上の唸りと旋廻
その激甚は
おそらくは無我中のもの
それに一瞬のはずだ
わたしは内心につぶやいて
いつも夕餉まえの忙しさと賑やかさにまぎれていった

寿命三十日から七十五日というハエの一生にとって
あの時間は一瞬だったのか
時間というものは――

ハエの声も家族の声も消えはてた床に
夕陽が落ちている

しんとなるまでの
わたしの
水音

シュッコロ……噴霧式殺虫剤の銘柄
三十日から七十五日……ハエの成虫の寿命

あとがき

「遠景」とタイトルしてありますが、あるいは、「遠々景」とすべきか、と迷うくらいな、詩の景色となりました。身の回り品と一緒で、長い時間に溜まってしまった詩どもも、あとぐされなく、断捨離すべきなのでしょう。ただ、そこに浮かびあがる人影の、「この忘《ぼう》じ難さを如何にせむ」なのでした。

栗原澪子

二〇一九年七月二十日

栗原澪子（くりはら　みをこ）略歴

一九三二年、埼玉県生まれ。

〈著書〉

・歌集
『水盤《すいばん》の水《みず》』（二〇〇七年・北冬舎）
『独居小吟』（二〇一九年・コールサック社）

・詩集
『ひとひらの領地』（一九七八年・詩学社）
『似たような食卓』（一九八九年・詩学社・第二十一回埼玉文芸賞）
『日について』（一九九五年・詩学社・第二回埼玉詩人賞）
『洗髪祀り』（二〇〇八年・北冬舎）
『遠景』（二〇一九年・コールサック社）

・散文集
『黄金の砂の舞い―嵯峨さんに聞く』（一九九九年・七月堂）
『日の底ノート　他』（二〇〇七年・七月堂・第三十九回埼玉文芸賞評論部門賞）
『保育園ことはじめ―人と時代と―』（二〇一三年・七月堂）

〈現住所〉　〒三五五‐〇〇一八　埼玉県東松山市松山町二‐七‐七

石炭袋

詩集　遠景

2019年10月25日初版発行

著者　　　　　栗原澪子

編集・発行者　鈴木比佐雄

発行所　　　　株式会社　コールサック社

〒173-0004　東京都板橋区板橋2-63-4-209

電話 03-5944-3258　FAX 03-5944-3238

suzuki@coal-sack.com　http://www.coal-sack.com

郵便振替　00180-4-741802

印刷管理　(株)コールサック社　制作部

＊装丁　奥川はるみ

落丁本・乱丁本はお取り替えいたします。

ISBN978-4-86435-406-6　C1092　￥2000E